AMORES IMPROVÁVEIS

Copyright © 2021 by Editora Globo S.A. para a presente edição
Copyright © 2021 by Edney Silvestre

Todos os direitos reservados. Nenhuma parte desta edição pode ser utilizada ou reproduzida — em qualquer meio ou forma, seja mecânico ou eletrônico, fotocópia, gravação etc. — nem apropriada ou estocada em sistema de banco de dados sem a expressa autorização da editora.

Texto fixado conforme as regras do Acordo Ortográfico da Língua Portuguesa (Decreto Legislativo nº 54, de 1995).

Editora responsável: *Amanda Orlando*
Assistente editorial: *Isis Batista*
Revisão: *Aline Canejo*
Capa, diagramação e projeto gráfico: *Renata Zucchini*
Pesquisa de imagens: *Rafael Ramos*

1ª edição, 2021

CIP-BRASIL. CATALOGAÇÃO NA PUBLICAÇÃO
SINDICATO NACIONAL DOS EDITORES DE LIVROS, RJ

S593a

    Silvestre, Edney, 1950-
        Amores improváveis / Edney Silvestre. – 1. ed. – Rio de Janeiro : Globo Livros, 2021.
        194 p. : il. ; 23 cm.

        ISBN 978-65-86047-89-9

        1. Ficção brasileira. I. Título.

21-70818   CDD: 869.3
                                      CDU: 82-3(81)

Camila Donis Hartmann – Bibliotecária – CRB-7/6472

Direitos exclusivos de edição em língua portuguesa para o Brasil adquiridos por Editora Globo S.A.
Rua Marquês de Pombal, 25 — 20230-240 — Rio de Janeiro — RJ
www.globolivros.com.br

Edney Silvestre

AMORES IMPROVÁVEIS

GLOBOLIVROS

*La nostra vita è un'opera magica, che sfugge
al riflesso della ragione e tanto più è ricca quanto più
se ne allontana, attuata per occulto e spesso contro
l'ordine delle leggi apparenti.*

GABRIELE D'ANNUNZIO

("Nossa vida é uma obra mágica, que escapa ao
reflexo da razão e mais rica se torna quanto mais
dela se afasta, abraça o oculto e vai contra a ordem
aparente das leis.")

Introdução

Eram as duas viúvas, vizinhas, ambas com filhos pequenos. Uma tinha duas meninas de dois e três anos, além de um menino de cinco. A outra, quatro ou cinco crianças, com idades de doze a quatro anos. Uma lavava roupa para fora e dava pensão para funcionários da Estrada de Ferro Central do Brasil sem família na cidadezinha. A outra era costureira e estava disponível para serviços domésticos em residências mais abastadas que as delas, regidas por respeitáveis senhoras de posses ou boas famílias, ou mesmo aquelas não tão bem comportadas ou bem vistas pelos recatados cidadãos do lugar, mesmo aqueles que com elas obtinham os prazeres carnais negados às mães de seus descendentes. Em ambos os casos, eram senhoras sem vontade nem tempo para encerar o soalho da casa, lustrar os móveis, retirar teias de aranhas dos cantos altos dos cômodos, limpar cada pétala de cristal do lustre da sala de visitas.

As duas viúvas mal tinham tempo de conversar nas poucas vezes em que se viam, cada uma de um lado de suas cercas de ripas de bambu envoltas em trepadeira de tumbérgias, enquanto capinavam o quintal, catavam ovos dos patos e das galinhas, cortavam folhas de couve ou bertalha para fritar ou engrossar o caldo do feijão, arrancavam mandiocas do chão adubado com o esterco das aves.

Tinham, todavia, uma combinação possível apenas entre mulheres sem medo do trabalho duro nem da língua de vizinhos, alertas a todas as diferenças que suas pobrezas impunham aos filhos. Algum dia, nunca saberemos como, por cima da cerca, as duas viúvas se aliaram para dar às crianças, uma vez por mês, no dia em que os fregueses e pensionistas pagassem suas contas, um luxo só possível às crianças de pais ricos, um mimo para fazer com que os seus se sentissem tão adequados quanto os outros, os das famílias de pai vivo, mãe sentada bordando em cadeira de balanço dentro de casa enquanto babás, amas, cozinheiras, arrumadeiras e passadeiras tratavam de lhes dar permanente serenidade e bons quitutes.

Uma das viúvas tinha vindo para este país saindo do seu, de alguma aldeia que eu jamais saberei qual foi, em busca de vida mais decente e justa para si e sua família. Primeiro em charrete por estradas irregulares calçadas pelos invasores romanos, depois embarcando com um único baú e permissão de levar somente um par de talheres, um prato e uma caneca, que seriam lavados por todos os embarcados em uma mesma tina onde a água só era trocada uma vez por dia, singrando primeiro o tranquilo mar Mediterrâneo, em seguida um encapelado oceano chamado Atlântico, até desembarcar na tal da América, sem falar a língua, sabendo que jamais poderia voltar a seu lugarejo de nascimento, rever o recorte da cadeia de montanhas muito além das casas e plantações ou ouvir o badalar do sino da aldeia, que chamava para a missa de domingo.

A outra deixou uma lavoura magra e terras exauridas por mais de uma centena de anos de cafezais no interior de Minas Gerais com a família de pai, a mãe e muitos irmãos e irmãs. Os poucos pertences dividiam com as crianças menores o espaço na carroça de bois. O destino era uma cidadezinha no estado vizinho, onde industriais ingleses, associados a herdeiros de fortunas do cultivo de café e comércio de escravos, construíam fábricas e empregavam pessoas negras e brancas, analfabetas ou leitoras, com disposição suficiente para produzir metros e metros, quilômetros e mais quilômetros de tecidos e rendas que a nova república sul-americana vendia às velhas nações do outro hemisfério, aos antigos colonizadores de nossos bugres, comerciantes de nossos africanos, contratadores de mão de obra abundante e barata nos vilarejos e bibocas da Itália, Espanha e de Portugal.

Eram duas viúvas, vizinhas, ambas com filhos pequenos.

Um dia, sabe-se lá como, elas combinaram um luxo mensal para suas crianças ao receber seus parcos mirréis: uma lata de marmelada, comprada no empório onde tinham conta mensal, a qual dividiam entre elas.

Assim faziam, mês após mês, até uma delas ter sido obrigada a deixar a casa onde vivia.

Uma dessas senhoras era minha avó.

Nem que eu vivesse oitocentas mil vidas seguidas ou intermitentes, teria como agradecer seu exemplo de resiliência e tenacidade, suas lições diárias de alegria e esperança em dias melhores, sua confiança de que a luta vale a pena e que, se não se ganha hoje, ou amanhã, e mesmo que não se ganhe nunca, vale sempre a pena tentar.

Minha gratidão a ela e à vizinha, à bravura das mulheres que dão o luxo de meia lata de marmelada a seus filhos.

Delas, de suas histórias possíveis e imaginadas, de suas indomáveis trajetórias e de minhas fantasias em relação a elas, nasceu este romance.

A elas sou e serei, sempre, imensamente grato.

Edney Silvestre
Rio de Janeiro, 15 de abril de 2021

Para

Lourdes e Joaquim,
Maria José e João Antonio,
Margarida e José Francisco

1894

Foi numa segunda-feira de agosto.

Ela chegava ao armazém, ele saía. Ela trazia o almoço do pai, enrolado em bornal para manter a quentura, ele punha no bolso das calças as poucas notas e moedas pagas pelas galinhas e pelos ovos trazidos da roça, como fazia toda segunda-feira.

Ela estava com catorze para quinze anos e se chamava Emiliana Vivacqua, a mais velha das quatro filhas dos sardos Vincenzo e Concetta Vivacqua, a primeira nascida no Brasil.

Ele criava porcos e aves no Sítio Santa Zita, atendia pelo nome de Felício Theodoro, casado, pai de três crianças, dois meninos e uma menina.

Ela estava destinada a um futuro ali, sempre ali, apenas ali.

Ele estava destinado a nada, pois assim o definiam sua cor e origem.

Sua idade devia estar entre dezenove e vinte e um anos. Devia. Ninguém sabia ao certo. Quando o encontraram, no mesmo sítio nas redondezas de Ourinho onde agora cuidava dos bichos e das plantações, já era um molequinho esperto, capaz de conduzir o padre Lurran e a pequena comitiva de inspeção à granja de propriedade da paróquia até a oca, tão oculta na mata que ninguém nunca se dera conta de sua existência. Repetia, sem chorar, mas aflito, *Iñan katahra, Iñan ahtl'im, Iñan katahra.*

Lá deram com o corpo da mãe, a *Iñan*, como ele a chamava em sua língua macro-jê, e ela parecia quase uma menina, mais ou menos da idade de Emiliana no dia do encontro daquela segunda-feira na porta da venda do seu Vieira, e nem devia estar morta havia tanto tempo. *Katahra*, ela dormia e não acordava, nas palavras do garoto, pois o cadáver da jovem, desnudo como era comum entre os escassos sobreviventes das tribos originais da área, ainda não assimilados nem levados para trabalhar nos povoados da região, não cheirava. O sangue, *ahtl'im*, do ferimento em sua cabeça coagulara, indicando que a violência contra ela acontecera algumas horas antes. Se o guri viu o homem que fizera aquilo; não contou.

    O molequinho não chorava então, não chorou nunca.

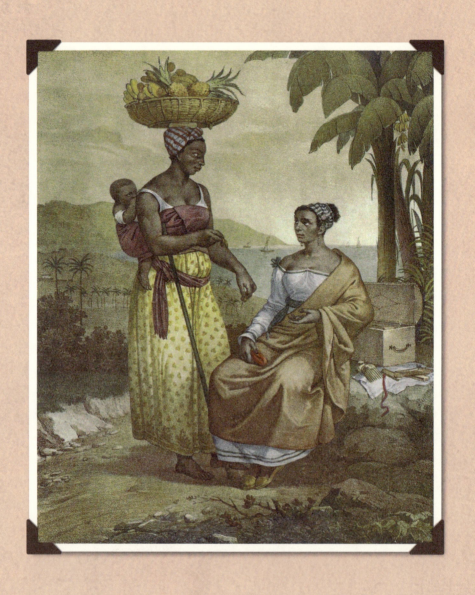

Doralina

Padre Lurran levou o garoto para o vilarejo de Ourinho, onde foi alimentado e cuidado por Doralina das Chagas de Jesus, a dona Dodô, uma das remanescentes escravas da paróquia de Santa Zita dos Aflitos, alforriada pelo antecessor de Lurran, o também espanhol padre Tomaz Prado Tejada, que tinha por ela desmedido afeto e lhe deixara mesmo algum dinheiro e volumes de sua biblioteca com as obras completas de Lope de Vega e Bartolomé Cairasco de Figueroa em herança.

As outras duas escravas da Santa Zita, as irmãs Jacinta e Isaltina de Sant'Ana, já passadas de idade reprodutiva, porém ainda firmes de disposição e capazes de toda sorte de afazeres domésticos, particularmente Isaltina, em empreitadas de cozinha, por isso mesmo adquirida pelo dono de uma casa de repasto de Juiz de Fora, foram vendidas pelo padre Lurran logo ao assumir o comando da paróquia, a renda aplicada na aquisição de novos paramentos para o altar da santa.

Dona Dodô acolheu o guri com o mesmo zelo dedicado à filha Maria das Dores de Jesus, a Dozinha, de três anos, ensinando-o a comer com talheres, fazer contas, escrever, ler, rezar, cozinhar, calar, obedecer.

Ali foi batizado como Felício Theodoro.

Ali viveu até começar a ganhar corpo e engrossar a voz, época em que foi considerado apto para viver por conta própria no sítio onde já labutava desde que mostrou ter força suficiente para segurar uma enxada e aprender a capinar, semear e tudo o mais necessário para retribuir a comida e acolhida providas pelo padre Lurran.

Orune

Vincenzo Vivacqua e Concetta Ogliastra talvez ainda nem tivessem se conhecido e considerado unir-se em matrimônio no vilarejo de Orune, na província de Nuoro, no centro montanhoso da Sardenha, quando o menino foi levado do Sítio Santa Zita para Ourinho, ali banhado, alimentado, vestido, dado à unção cristã, batizado com nome de branco e ensinado a falar a língua dos colonizadores do lugar.

Ao embarcarem em Cagliari para uma temporada de trabalho de três anos na América do Sul, com a roupa do corpo e mais os poucos pertences num único baú de couro, ao lado de outros sardos, em seguida juntando-se a genoveses e sicilianos no porto de Nápoles rumo ao outro lado do mundo, Vincenzo e Concetta, agora Vivacqua, não poderiam imaginar suas vidas entrelaçadas em terras brasileiras à do rapazinho nomeado oito anos antes como Felício Theodoro, já então devida e definitivamente transferido para o Sítio Santa Zita.

Nessa época, há muito Ourinho deixara de ser apenas um posto acanhado de troca de tropas de burros e abastecimento de suprimentos dos comboios de gado a caminho da capital da colônia, no litoral. Do ouro na origem de seu nome, ninguém mais se ocupava ou lembrava, pois nenhum mais havia, tanto que menos da metade da igreja de Santa Zita dos Aflitos pudera ser enfeitada com folhas douradas como outros templos das povoações vizinhas. O altar da santa resplandecia à luz das velas, porém da nave até a entrada; o restante da construção era abaçanado como as madeiras, algumas talhadas, que lhe cobriam as paredes.

Vincenzo e Concetta não sabiam, mas Ourinho era o destino do casal.

Ourinho

O povo de Ourinho tomou conhecimento de que Dozinha estava para ter criança, apesar de novinha como era, junto com a notícia de que o padre Lurran oficiara o casamento dela com Felício Theodoro, à época com uns dezesseis, dezessete anos.

O religioso espanhol fez-se padrinho do recém-nascido bem clarinho, batizado como José de Jesus Chagas. Também apadrinhou a segunda criança parida por Dozinha, uma menina ainda mais clara que o irmão, Dulce de Jesus Chagas. Ao terceiro rebento, outro menino, igualmente afilhado do padre Lurran, menos claro do que os dois mais velhos, foi dado o nome de João de Jesus Chagas.

As três crianças, o povo de Ourinho percebia e comentava, conforme cresciam, apresentavam cada vez mais semelhança com o pároco, nos narizes compridos e longos, assim como nos miúdos olhinhos pretos do aragonês Raul Lujan Moncayo, chamado desde sempre de padre Lurran. Os de Dozinha eram castanhos. Os de Felício Theodoro, que antes, durante e depois do nascimento de José, Dulce e João continuou passando os dias e as noites no Sítio Santa Zita, eram daquele castanho aguado, quase amarelos, como acontecia por vezes a descendentes da união de galegos, africanos e tribos Puris.

Desengano

Pelo contrato de três anos, assinado ainda na Sardenha, em seguida ratificado pelas autoridades emigratórias de Nápoles, o casal Vivacqua foi pego por um agente ao desembarcar do navio Righi em 20 de abril de 1878, no porto do Rio de Janeiro, e conduzido à estação de trens Campo, no centro da capital do Brasil.

O comboio subiu uma serra coberta de mata verde como Concetta e Vincenzo nunca tinham visto, a jângal sul-americana, sobre a qual tinham lido e ouvido falar, oculta vez ou outra por densa neblina, fazendo paradas em algumas estações, pouco mais que abrigos cobertos, para descida e subida de passageiros, até chegarem à cidade que lhes foi informada ser Barra do Piraí, onde os transferiram para outro comboio, com destino à Província de Minas Gerais, e foram sacudindo nos bancos de madeira por mais serras, e mais selvas verdes, e vales, colinas com plantações de cana e café, finalmente chegando, depois de dois dias, a uma parada menor, chamada Desengano, palavra que não conheciam, nem ninguém se ocupou de traduzir para a língua deles.

América

O contratante brasileiro cumpriu a parte de os alojar, numa casa sem janelas, colada a outras cinco, todas vazias, onde em décadas anteriores eram abrigados escravos do pai e dos avós e bisavós dele, vendidos ou envelhecidos e postos para fora da propriedade, agora que o herdeiro da família Nogueira não tinha mais como manter nem comprar novos, tanto por falta de recursos financeiros, após a sucessiva queda do preço do café no mercado exterior, como por ter a Inglaterra proibido o comércio e o transporte de escravizados pelo Atlântico Sul, o que encareceu tremendamente o valor de cada africano trazido. Buscar na Itália gente disposta a trabalhar no Novo Mundo era a solução mais em conta, tendo em vista a aprovação, o financiamento e o incentivo à imigração de europeus dados pelo Império do Brasil. Esses gastos assumidos pelo contratante seriam ressarcidos pelo trabalho do imigrante, que, por sua vez, zeradas as despesas de transporte, alimentação e tudo o mais, teria o direito de manter para si os lucros resultantes da venda do que viesse a produzir. No fim, ganhavam todos, fazendeiro nacional e trabalhador estrangeiro.

Assim estava previsto.

Contrato

O acordo oferecido com a aprovação e o incentivo de dom Pedro II não antecipava alguns pormenores que, embora legais, ruíram os planos de Vincenzo e Concetta de acumular mil-réis brasileiros e, na volta, comprar um terreno na parte fértil, ou qualquer outra possível com aquele dinheiro, em sua Orune natal. Uma dessas minúcias foi particularmente decisiva no destino do casal Vivacqua.

Tanto mantimentos quanto panelas, utensílios, pás, enxadas, o essencial ao cotidiano doméstico e à labuta rural, só podiam ser adquiridos no armazém da Fazenda Nogueira, a muitas léguas do povoado mais próximo, a preços estabelecidos segundo os critérios do proprietário, Nicolau de Abreu Nogueira.

Ao fim de cada mês, Vincenzo se via devendo mais do que acreditava ter a receber, e assim seguiram-se meses e mais meses. Estariam encalacrados pelos anos seguintes, o corso compreendeu, até se enfezar, pegar Concetta, agora esperando neném, embora um filho em terra estrangeira não fizesse parte dos planos iniciais e por tudo o que sabiam e sua religião permitia tentaram evitar, e sair da Fazenda Nogueira no meio da cerração de uma madrugada de fim de março, com menos ainda do que tinham ao embarcar em Cagliari. Apenas a roupa do corpo, um bornal com carne-seca, pão, queijo e salame feitos por eles mesmos, seguindo os trilhos da estrada de ferro em direção ao Rio de Janeiro, na tentativa de retornar ao mesmo porto onde tinham desembarcado do *Righi* e tomar algum navio de volta a Nápoles, e de lá para a Sardenha, de onde haviam partido, onze meses antes.

Parto

No meio do caminho Concetta Vivacqua começou a sentir as contrações do parto.

No meio do caminho havia a cidade de Ourinho.

No meio do caminho nasceu a criança.

Uma menina.

Deram a ela o nome da mãe da mãe.

Emiliana.

Filha

Toda criatura era bem-vinda no mundo de terras áridas, colheitas minguadas, parcas refeições e ondas de pestes devastadoras de onde vinham os Vivacqua. Infelizmente, porém, uma menina é de pouco adianto no trabalho pesado da roça, que pede braços fortes para lavrar, semear, regar, colher, debaixo de sol ou chuva, sem fricotes nem choramingadas de mulherzinhas.

Armazém

Com a mulher de resguardo, abrigada mais a criança na casa de dona Almerinda Borba, a parteira, Vincenzo Vivacqua tratou de arrumar trabalho, qualquer que fosse, e ganhar alguns reais para ir mantendo mulher e filha, enquanto tentava recompor os planos de retorno à Sardenha.

Conseguiu ocupação no armazém do povoado a crescer, descarregando sacos de arroz e feijão de sessenta quilos e realizando outras tarefas pesadas antes desempenhadas pelos escravos, de que o lusitano João Alcides Vieira, tal como o dono da Fazenda Nogueira, não mais dispunha, emancipados pelos seguidos dispositivos e leis decretados pelo imperador Pedro II, por crença própria ou pressionado por abolicionistas e maçons.

Logo Vincenzo se tornou indispensável ao comerciante português, graças não à grande força de suas costas e seus braços, mas à sua habilidade em fazer cálculos de cabeça, memorizar estoques, organizar cadernetas de fiados e ampliar a margem de lucros ao sugerir maior diversidade de artigos à venda, como os salames, pães e queijos preparados por dona Concetta na casinha alugada temporariamente, enquanto acumulavam fundos para a viagem de volta.

Partiu de Vincenzo, igualmente, a ideia de oferecer aos fregueses de Vieira, com os mantimentos básicos, produtos além da necessidade admitida pela clientela, como tamancos, sabão em barra, barbante, cordas, fumo de rolo e papel para cigarro, sementes, fertilizantes, arame farpado, pregos, cravos, alicates, martelos, cabos sobressalentes de madeira para machados e enxadas, uma variedade maior a cada mês.

Não levou muito tempo, Vincenzo deixou de carregar e descarregar sacos. Passou a trabalhar dentro do estabelecimento.

Os variados tipos de pães e broas, em adição aos queijos, à mortadela *et cetera* comercializados na Venda do Vieira passaram a ser confeccionados por dona Concetta na cozinha maior da casa mais ampla, alugada no aguardo de economias suficientes para o retorno e a compra de um bom terreno em uma área fértil de Nuoro.

Mas quem decide os caminhos do destino, senão o próprio destino? Não levou mais muito tempo, Vincenzo Vivacqua virou sócio.

República

Quando a notícia do imperador destronado e imediatamente despachado para o exílio chegou a Ourinho, a República do Brasil já havia sido declarada havia algumas semanas. Diziam também que a realeza italiana aparentada com a mulher de dom Pedro II, a princesa do Reino das Duas Sicílias Teresa Cristina, estava extremamente desgostosa com o golpe militar que colocara no poder um ex-ministro do Império, um certo marechal Deodoro da Fonseca, e sugeria a seus cidadãos para cá imigrados o imediato retorno a suas terras de origem. Às próprias expensas.

Brasileiros

Muita coisa tinha mudado até aquele dezembro de 1889, desde a associação de Vincenzo Vivacqua e João Alcides Vieira no Armazém Cidade do Porto, renomeado Empório Vieira & Vivacqua.

As gêmeas Angela e Adelina tinham nascido, e a irmã mais velha delas, Emiliana, se revelara uma menina responsável, cuidando das irmãs enquanto a mãe assava pães, amamentava, cuidava das entregas ou se dedicava a outras tarefas próprias de adultos. Quando nasceu a quarta filha dos Vivacqua, num 14 de outubro, dia de santa Fortunata di Cesarea, o casal Vincenzo e Concetta não cogitava mais tomar o caminho de volta à Sardenha. A casa onde moravam, com jardim na frente e, na parte de trás, uma horta comprida que ia até a rua de baixo, era espaçosa, confortável e própria.

Haviam se tornado uma família de brasileiros.

Rosalina

Ao ser informada da morte da mãe, dona Concetta respondeu à carta da irmã mais velha falando de sua tristeza, das orações pela memória de Maria Ogliastra, e convidando a irmã, em seu próprio nome e no do marido, para vir morar na República do Brasil, com eles e as filhas, na ampla casa em Ourinho, onde teria seu próprio quarto. Rosalina Ogliastra agradeceu a oferta da irmã e do cunhado, mas recusou, lembrando-se de seu dever de cuidar da avó Emiliana e das tias da mãe até os últimos dias delas, como é e sempre foi a obrigação de toda neta e filha mais velha nas boas famílias de Orune.

Como estava destinado à Emiliana nascida no Brasil. Mas quem decide o destino?

Moça

Emiliana crescia, uma menina corada, nem bonita nem feia, doida por corridas, pular carniça, subir em árvores e brigar com os garotos, sempre que tinha folga entre a ajuda na cozinha e os cuidados com as gêmeas, mais a caçula Fortunata, asmática e cheia de dengo.

Mais ou menos quando os jornais que o pai lia, e lia muito bem em português, embora ainda falasse com algumas travas de sua língua natal que carregaria por toda a vida, estamparam a imagem de outro militar, Floriano Peixoto, sucedendo o primeiro marechal a se intitular presidente da república brasileira, Emiliana começara claramente a amulherar, levando a mãe a proibir brincadeiras com meninos dali em diante.

Pelos próximos anos suas formas se arredondaram, ainda que fosse mais dada ao jeito comprido, ossudo e sem muita delicadeza das mulheres da família do pai, enquanto mais habilidosa se fazia no domínio das atividades domésticas, aprendendo, absorvendo e acatando os preceitos traçados para as filhas mais velhas séculos antes.

As tranças passaram a ser enroladas em coque, na nuca. Como era adequado a uma moça.

Preceitos

Preceitos para as boas filhas mais velhas, existem inúmeros.

O mais importante de todos: nunca abandonar os pais conforme envelhecem e se tornam mais frágeis e dependentes. Até seus últimos suspiros. Sem jamais invejar as novas famílias criadas pelos irmãos, irmãs, no caso de Emiliana, livres para se casarem e seguirem os maridos, como fizera dona Concetta num vilarejo montanhoso do outro lado do mundo, com os corações em paz por saberem que seus progenitores, e os progenitores de seus progenitores, tinham suas vidas de sacrifício e desprendimento recompensadas pela dedicação e pelo amparo da filha mais velha.

Assim era, assim vinha sendo, assim seria com Emiliana Vivacqua.

Dos onze anos em diante, a movimentação de Emiliana passou a se limitar entre a cozinha, os canteiros de legumes e verduras da horta, mais raramente os de bocas-de-leão, amores-perfeitos, amarílis, crisântemos, cíclames, begônias e outras delicadezas do jardim que pouco a interessavam, atendidas pelas gêmeas e por Fortunata ao lado da mãe. Fora da casa, tinha as saídas na charrete puxada por um burro castanho e teimoso, mas sempre obediente a seus comandos, para pegar produtos comprados para o armazém nas granjas e fazendas da região, entregar encomendas dos embutidos, pães e queijos de dona Concetta, levar o almoço do pai, quando seu trabalho amontoava e não lhe dava tempo de vir comer em casa.

Numa dessas idas, Emiliana e Felício se cruzaram.

Cor

A pele desse moço tem cor de jabuticaba, ela pensou, sem nem perceber que pensava, enquanto descia da charrete e pegava sob o banco de madeira o bornal com o almoço do pai e o homem jovem descia o degrau, saindo do estabelecimento, agora exibindo na parede esquerda da fachada a pintura recente indicando ser ali o Empório Vieira & Vivacqua, colocando no bolso da calça surrada, mas limpa, as poucas notas e moedas de mil-réis da venda dos ovos e galinhas trazidos do Sítio Santa Zita, como fazia toda segunda-feira.

A pele desse moço tem cor de jabuticaba, apenas isso.

Mas não era apenas isso.

Dentes

A primeira impressão que o criador de porcos provocou na filha mais velha dos Vivacqua podia ter sido expressa em algumas poucas palavras de uma menina de catorze para quinze anos, porém estavam carregadas de muitos outros significados, não percebidos imediatamente por Emiliana, que nem sabia não ser mais apenas uma menina de catorze para quinze anos. Eram uma referência ao azulado cambiante, com entretons fugidios de marrom e negro, do fruto pequeno e redondo que precisava ser enfiado na boca e mordiscado de leve para a casca espessa se abrir e soltar entre os dentes e a língua o líquido grosso de um caroço rijo, envolto em macia polpa branca, de sabor doce, mas não muito, que apenas uma vez por ano brotava pelos galhos retorcidos e pelo tronco da árvore em que gostava de trepar, quando ainda lhe era permitido trepar em árvores.

Dialeto

A pele desse moço tem cor de jabuticaba, Emiliana ainda pensava, ainda sem se dar conta, ao entrar no armazém e ouvir os risos do pai e de seu Vieira, no meio de algum comentário sobre o padre Lurran e os três filhos do rapaz que acabara de sair. Os dois homens baixaram o tom ao vê-la entrar, indicação segura de se tratar de conversa inadequada para menina de sua idade. Assim faziam a mãe e o pai quando tinham assuntos de adulto e a filha estava por perto, como sobre as moedas de ouro e prata economizadas e enterradas em bilhas no quintal, junto do canteiro de alecrim, entre o poço e as bertalhas, sussurrando, mesmo se o fizessem em dialeto, pois sabiam que Emiliana, ao contrário das irmãs, entendia perfeitamente, embora não falasse, as palavras ditas em nuorense, o falar da terra dos pais.

Tão novo assim e já é pai de três filhos?, Emiliana perguntou, casualmente, como se nem ela mesma desse importância ao que indagara, entregando o bornal com o almoço.

Os dois homens disfarçaram o riso, acrescentaram mais alguns comentários sobre uma sociedade com o padre Lurran que ela não entendeu, mas guardou o nome pelo qual chamaram o rapaz.

Felício.

Pele

A posto que a pele dele tem gosto de jabuticaba, Emiliana se pegou pensando, algum tempo mais tarde.

Léguas

As terras ainda rodeadas de mata onde Felício criava porcos e galinhas, além de plantar arroz, mandioca, feijão, mais algumas folhas e legumes para a própria alimentação e milho para os bichos, reservando um tanto para moer e fazer fubá, ali mesmo onde provavelmente nascera, não ficavam tão longe assim de Ourinho, mas tomavam um bom tempo para quem, como ele e a maior parte dos moradores da cidade e dos arredores, não dispunha de outra maneira para percorrer as três léguas de estrada enlameadas de um local ao outro, se não as próprias pernas.

 Felício caminhava de volta da venda de uma leitoa quando uma charrete puxada por um burro castanho passou por ele, conduzida por uma moça clara, os cabelos presos num coque de tranças na nuca, indo na direção da Fazenda Bom Retiro, onde comerciavam leite.

Charrete

Felício acabara de fechar a porteira e já tomava o caminho de casa quando a charrete puxada pelo burro castanho passou de volta para Ourinho, com latões de leite na caçamba.

Reconheceu a mesma moça de tranças presas em coque que encontrara na saída da venda do Vieira na segunda-feira.

Na mesma charrete.

Tal como naquela vez, baixou os olhos, conforme na casa do padre Lurran lhe fora ensinado fazer ao cruzar com gente branca ou qualquer um a quem devesse mostrar respeito.

Tal como naquela vez, teve a sensação de que ela não o ignorava.

Ali

Emiliana leu de canto do olho a placa junto da porteira: Sítio Santa Zita. Pareceu-lhe que o rapaz ali, mesmo de cabeça baixa, acompanhava sua passagem.

Chuva

A próxima vez que se cruzaram foi na mesma estrada de Ourinho para Miradouro, mais ou menos por volta da mesma hora, também numa quarta-feira, semanas depois. Felício de novo voltando da venda de carne de porco aos fregueses do vilarejo, Emiliana buscando leite na Fazenda Bom Retiro. Tinha começado a garoar, mal saíra de casa, mas Emiliana não se preocupou em voltar e pegar alguma proteção, confiante nas nesgas de céu azul abertas à sua frente. A chuvarada desabou quando já tinha percorrido mais de metade do caminho.

Emiliana continuou.

Sabia estar se aproximando do sítio Santa Zita.

Reconheceu de longe a caminhada de Felício, a cabeça erguida como se os pingos grossos não o incomodassem. A ela, seguramente, não. Gostava de tomar chuva, na época quando isso também não lhe fora proibido.

Conforme chegava mais perto, teve certeza de que Felício percebera a charrete vindo.

Dessa vez ele não baixou os olhos.

Dessa vez ele a encarou, e Emiliana teve certeza de estar sendo reconhecida o tempo todo enquanto passava a seu lado e, só então, só depois, conforme a charrete se afastava, o rapaz baixou a cabeça.

Os olhos dele são amarelos?, Emiliana disse a si mesma, surpresa, agitando as rédeas para apressar o burro.

Lembrança

São mesmo amarelos?, Emiliana se pegou perguntando, vez por outra, tantas vezes, na verdade, pelos dias seguintes.

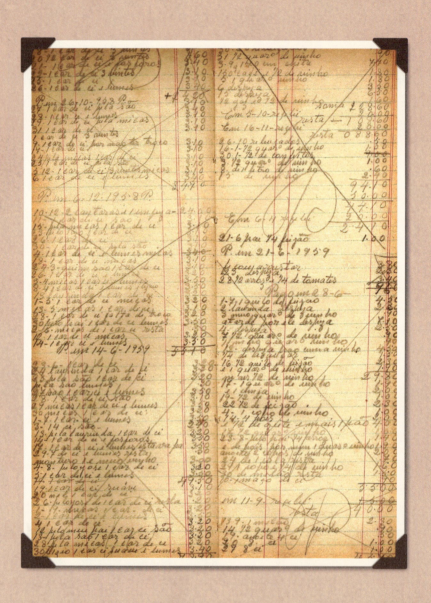

Rapaz

Juntando uma frase aqui e um pedaço de conversa dali, uma informação solta no meio de outras tantas sobre tópicos aparentemente irrelevantes e sem relação com o que ela nem sabia que queria saber, desde fornecedores remotos disso ou daquilo do empório, até produtores confiáveis ou trapaceiros dali de perto que traziam essa coisa ou aquela outra, mais bobices sobre o dia a dia da freguesia de seu Vieira antes e depois da associação ao pai dela, maus e bons pagadores, temas e gentes e situações triviais sobre as quais até então nunca tinha se atido ou interessado, Emiliana foi compondo, de pouco em pouco, um quadro cada vez mais nítido sobre o rapaz de pele cor de jabuticaba e olhos amarelados, sobre quem tinha certeza, a mais absoluta certeza, de não ter nenhum interesse, o menor interesse, nem o mais mínimo do mínimo interesse. Apenas um pouco, muito pouco mesmo, de curiosidade.

E quanto mais sabia, mesmo sem o perceber, maior e mais intensa se tornava essa curiosidade.

Ele

Ele vivia sozinho no Sítio Santa Zita, desde os onze anos, talvez treze.

Plantava verduras, também uns pés de cana, laranja, milho, bananeiras, tinha criação de porcos e galinhas, certa vez uma cabra.

Dava conta de toda a produção sem nenhuma ajuda.

Não se metia com os vizinhos. Os vizinhos mal trocavam uma ou duas palavras com ele.

Vinha a Ourinho duas vezes por semana, às segundas e às quartas-feiras; apenas de raro em raro às sextas.

Nunca foi visto em nenhuma igreja, nem capela, em missa nenhuma, em nenhum domingo, apesar dos anos criado dentro da casa da paróquia.

Às quartas, atendia fregueses vários. Às segundas, ia primeiro vender ao armazém; depois, a quem interessassem os itens sobrados.

O dinheiro das vendas, tanto das segundas quanto das quartas, era entregue ao padre Lurran, administrador das propriedades da paróquia. Ficava só com o mínimo necessário para comprar sementes, ração, coisas assim.

Vivia do que plantava e criava.

Uma vez por semana, sem dia certo, ia à casa da paróquia para levar aves, ovos, carne suína ou o que mais ali fosse solicitado.

As entregas eram feitas no portão.

Felício nunca entrava.

Dona Dodô se mostrava distante e monossilábica quando padre Lurran estava por perto.

Longe dele, a vizinhos e conhecidos, falava de Felício com dó e afeto, como se estivesse se referindo a um filho desvalido. Alguns asseguravam tê-la visto passar-lhe, sub-repticiamente, um a um, os volumes belamente encadernados da biblioteca herdada do padre Tomaz. Como nunca ninguém soube notícia de terem sido posteriormente comerciados, conjeturavam onde Felício os havia de guardar, se um lugar havia no barraco do escuro, e se haveria de os ler, passando página após página de delicado papel-arroz com seus grosseiros dedos de lavrador, já que desde cedo as letras lhe haviam sido ensinadas. Livros em espanhol, além do mais.

Da mãe, só se sabia ter sido uma índia, abusada e morta por alguém nunca descoberto. Do pai, nada.

As crianças José, Dulce e João não saíam de dentro de casa nas manhãs das entregas até Felício partir.

Diziam ser proibições decididas pelo padre Lurran.

Prenhez

Pelas semanas seguintes Emiliana foi e voltou da Fazenda Bom Retiro em horas como as dos outros encontros fortuitos, mas nem sinal de Felício.

Quando fez questão de levar o almoço do pai numa segunda-feira, apesar de naquele dia ser tarefa designada a uma das gêmeas, reparou haver remessa fresca de ovos e frangos no Empório Vieira & Vivacqua. Confirmou terem chegado bem cedo do Sítio Santa Zita, entregues pelo mesmo rapaz de sempre.

Seu Vieira mostrou a ela o leitãozinho, de carne tenra e já todo limpo, separado dos miúdos, também trazido naquela manhã, um dos dezenove bacorinhos paridos por uma das porcas piau da granja da paróquia. Emiliana estranhou a grande quantidade de filhotes.

Deve ter sido prenhez complicada. O caboclo do Sítio Santa Zita vinha e voltava apressado sempre, comentou o sócio do pai.

Assim Emiliana compreendeu a razão do sumiço de Felício.

Sentiu-se aliviada, sem saber bem por quê.

Porteira

Na quarta-feira seguinte, Emiliana pegou o latão de leite mais cedo e esperou meio oculta por trás de um bambuzal próximo do sítio, de onde podia ver o trecho da estrada por onde Felício costumava surgir.

E ele surgiu.

De longe reconheceu o andar de passos largos e determinados, como na manhã da chuvarada.

Emiliana tocou o burro, foi em direção a ele.

Apenas o tempo certo de se aproximar, enquanto Felício abria a porteira e fazia menção de entrar.

Ela diminuiu a velocidade da charrete, passando em frente.

Ele parou, a porteira aberta só pela metade.

Ela teve certeza de que a olhava.

Ele continuou parado.

Ela fez um aceno leve, muito leve, de cabeça.

Ele fez um aceno leve, muito leve, de cabeça. Um inequívoco aceno de cabeça. Para ela.

Emiliana apressou o burro em direção a Ourinho, sem olhar para os lados ou para trás.

Ainda não tinha certeza se os olhos dele eram mesmo amarelos.

Gêmeas

As gêmeas demoraram a se desenvolver, ao contrário de Emiliana.

Embora menos de dois anos mais novas que a primeira filha de Concetta e Vincenzo Vivacqua, permaneceram sob a guarda e o comando da primogênita até chegarem aos treze, quando perderam o jeito infantil e qualquer parecença entre si.

Angela cresceu até quase a altura de Emiliana, mas não tanto, rapidamente ganhando um corpo de carnes fartas como as mulheres da família da mãe, das que tinham filhos cedo, e tinham muitos, de pele morena e sorriso fácil, conhecidas no vilarejo de Orune e redondezas como "as belas Ogliastra".

Também ficou atraente a adolescente Adelina, de traços mais delicados e presença menos exuberante que de sua gêmea, sensata como uma mulher adulta, com algumas sardas claras sobre o rosto pálido, exceto por seus lábios, finos e rosados, em harmoniosa composição com os bastos cabelos avermelhados.

Bonitas, as duas, cada uma de um jeito, como também bonita era a caçula Fortunata Marina Vivacqua, apenas uma menina, então, mas de gestos e comportamento tão harmoniosos que já se podia antever a futura mulher e mãe adorável que se tornaria em alguns anos.

Emiliana, alta e de ombros largos como o pai, forte o bastante para colocar latões de leite sozinha na caçamba da charrete ou arrastar sem ajuda os pesados móveis da casa, de espírito prático e enérgica iniciativa, em nada se parecia com as delicadas, atraentes e sonhadoras irmãs mais novas. Seguramente as três se tornariam perfeitas esposas para quem as escolhesse.

Emiliana, não.

Emiliana nunca se tornaria a esposa de ninguém.

Emiliana era a filha mais velha.

Aquela com quem os pais podiam contar até o último suspiro. E Emiliana sabia que não tinha direito a fugir de seu destino.

Ingegneri

A expansão das estradas de ferro continuava Brasil adentro, para além do Vale do Café, mesmo depois da derrubada do imperador Pedro II, seu grande incentivador.

Para conduzir e orientar no traçado e na instalação de novas ferrovias, veio juntar-se aos brasileiros um grande número de engenheiros e técnicos americanos e europeus, vários deles italianos.

Dois desses engenheiros, trazidos ao Brasil temporariamente, chegaram a Ourinho e à casa da família Vivacqua levados pelo *sorvegliante* compatriota Alberto Jannuzzi. Um *ingegnere* era da região do Vêneto, Ruggero Zampieri; o outro, nascido na Lombardia, Matteo Invernizzi.

Dos três, apenas o supervisor retornaria à sua Gênova natal.

O comprido e magro Ruggero, sempre com um livro nas mãos, amante da poesia de Gabriele D'Annunzio e adepto das ideias de uma Itália grandiosa como nos tempos do Império Romano, mais o espadaúdo colega alourado como um tedesco Matteo, para quem a prosperidade mundial e as grandes oportunidades de fortuna seguramente partiriam da América do Sul, se encantaram e pediram permissão ao pai Vincenzo para namorar suas filhas gêmeas. Respectivamente, Angela, a de formas abundantes e cabelos pretos, pelo altíssimo e trigueiro veneziano Ruggero Zampieri, e a delicada ruiva Adelina pelo louro e lombardo Matteo.

 79

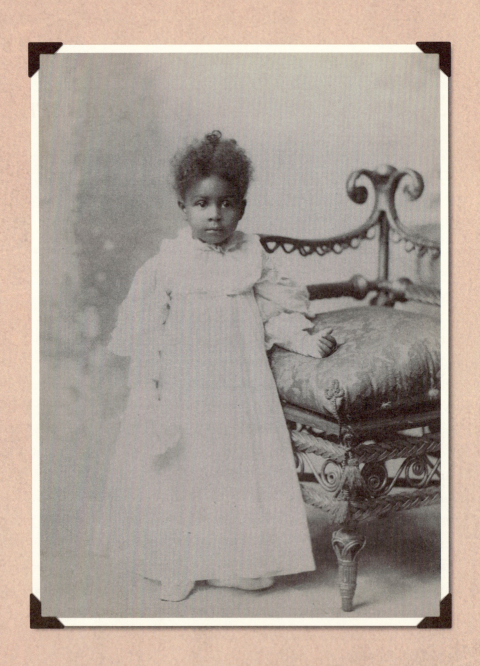

Dozinha

Pode ser que estivessem falando pela cidade, mas Emiliana não soubera por intriga nem mexerico. Vira com os próprios olhos, ao passar de charrete pela rua da casa da paróquia. Dozinha caminhando ao lado da mãe, mais a filha Dulce e os meninos José e João. O ventre crescido da filha de dona Dó não deixava dúvida. Ela estava esperando criança outra vez.

Agora que não era mais uma menina e podia intuir sobre relacionamentos entre homens e mulheres, agora que tinha conhecimento de tudo o que Felício passara desde a descoberta do corpo da mãe, agora que sabia das interdições de contato impostas pelo padre Lurran após isolar o rapaz no sítio, Emiliana compreendeu que esse futuro quarto filho de Dozinha não poderia ser do criador de porcos. Nem os três anteriores.

Noivos

O noivado de Angela e Adelina não demorou muito, festejado conjuntamente, ficando o casamento acertado para dali a um ano, tempo suficiente para afastar qualquer diz-que-diz, permitir à família das irmãs Vivacqua preparar seus enxovais, aos dois rapazes completar o trabalho contratado, acertar novos e encontrar onde os futuros casais Angela e Ruggero Zampieri, assim como Adelina e Matteo Invernizzi, pudessem fixar residência na longínqua e cada vez mais próspera cidade de São Paulo.

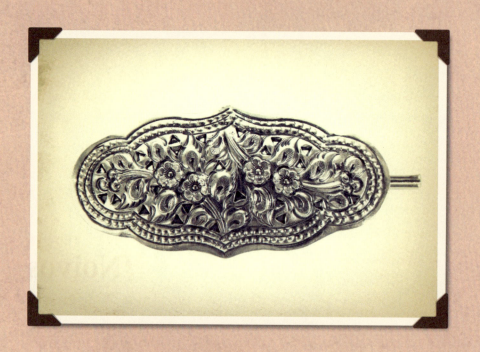

Tranças

Algumas vezes Emiliana pensou em parar de prender os cabelos em tranças enroladas na altura da nuca e usá-los soltos, como faziam Angela, Adelina e Fortunata. Mas ao soltá-los, sempre que o fez, os grossos fios crespos de um louro muito pálido, quase da cor de palha, refletidos no espelho, eram tão mais rebeldes e opacos do que as cabeleiras lustrosas a emoldurar os delicados rostos das irmãs, que acabou por decidir mantê-los contidos e apertados para sempre, no severo coque que era mesmo mais adequado a uma irmã mais velha.

Visitas

Durante os doze meses de noivado, Matteo e Ruggero viriam visitar as gêmeas Vivacqua a cada quarta semana, enfrentando com o vigor da juventude e o entusiasmo do afeto as longas horas e baldeações nos trens da Estrada de Ferro Central do Brasil, ainda chamada por muitos de Estrada de Ferro Dom Pedro II, como na época em que o jovem casal imigrante Vincenzo e Concetta Vivacqua embarcou para o interior do Brasil na Estação Campo, no centro do Rio de Janeiro, e como fora conhecida desde a criação em 1858 até a Proclamação da República.

Cada rapaz e sua noiva instalavam-se em cadeiras distantes, tendo entre eles, sentada numa incômoda marquesa de jacarandá sem almofadas, por vezes a mãe das moças, por outras, relutantemente, a irmã mais velha, sempre acompanhada de Fortunata.

Os noivos trocavam poucas palavras, na maior parte das vezes com os rapazes tentando expressar-se, claudicantemente, na língua do país das moças. Elas se limitavam a sorrir, ou rir baixinho, tecendo um comentário aqui, um adendo ali.

Angela sentia-se espantosamente feliz.

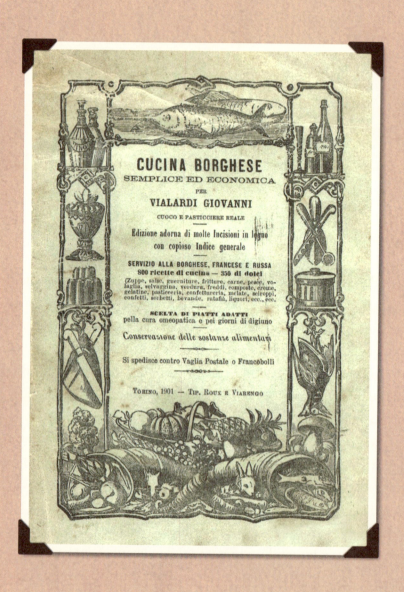

Cozinhas

Jeito para a cozinha, Emiliana nunca teve.

Auxiliava a mãe sempre que necessário, mas que não lhe pedissem para preparar uma vinha-d'alho, medir punhado de açúcar, temperar uma vitela, salpicar farinha sobre massa fresca, nada que dependesse de sutileza de paladar ou refinamento culinário, que não, ela não tinha, nem poderia ter, pois comer só comia o bastante para matar a fome, como o pai Vincenzo, e sempre era pouco, ao contrário dele, e nunca fazia questão de nada, nenhuma comida em especial. Uma fatia de pão, um naco de queijo *casizolu* feito pela mãe, e bem lá ia ela, para todas as tarefas que lhe requeresse o dia, sem nem lembrar de almoço, jantar, como as gulosas irmãs Adelina e Angela.

E boas de fogão também.

Angela era capaz de fazer um leitão *su porcheddu* tão suculento quanto um daqueles de que se recordava dona Concetta, nos domingos em Orune, à mesa dos Ogliastra. Adelina, como sua irmã, era cozinheira de preparar *culurgiones* recheados com queijo pecorino, azeitonas e alho granulado finíssimo com tal perfeição e consistência, que o perfume da iguaria sarda tomava toda a casa, despertando apetite e lembranças.

Os noivos provavam e se fartavam com tudo o que suas futuras mulheres elaboravam, antecipando os prazeres vindouros em seus lares na capital paulista.

Porém, como lembrou Fortunata em conversa discreta no quintal com a mãe, aqueles eram pratos saborosos, preparados com esmero, porém, inequivocamente, comida da Sardenha. E Ruggero, o noivo de Angela, era do Vêneto. O Matteo de Adelina, nascido e criado na Lombardia. Boas esposas não considerariam parte de suas obrigações satisfazer, também, o apetite de seus esposos? Não seria considerada uma forma louvável de demonstrar afeto preparar para eles refeições como aquelas de que, seguramente, sentiam saudades, longe de suas terras natais?

Separadamente, sem que cada rapaz soubesse do solicitado ao outro, pois pretendia surpreendê-los com os dotes culinários de suas filhas, dona Concetta encomendou a Ruggero e Matteo livros de culinária de suas regiões. De Matteo, queria receitas venezianas do *paese* de Ruggero, a quem encarregou de lhe trazer livros com pratos e doces preferidos da Lombardia.

Se os encontraram na cidade repleta de italianos e seus descendentes ou os fizeram vir da Europa, ela não sabia, mas o fato é que não demorou muito estavam mãe e filhas na cozinha, seguindo páginas e mais páginas de instruções escritas por renomados cozinheiros das terras dos *Ingegneri*. Angela preparando *fegato alla veneziana*, espargindo açúcar-cristal sobre bolinhas de *fritole*, formando meias-luas de massa para *casunzeis*, Adelina esmeradamente picando couve-flor para *cavolfiore alla milanese*, fritando doces *cuttizza*, misturando legumes e densos caldos de galinha para compor uma *minestra sporca* ao estilo da que acreditavam ter sido habitualmente tomada na residência da família Invernizzi, nos arredores de Milão.

As gêmeas se divertiam na cozinha, como crianças soltas num mundo onde eram capazes de fazer mágicas. Ambas riam muito, espontaneamente, mas eram as risadas de Angela que davam mais prazer à mãe e asseguravam sua tranquilidade de saber as filhas bem encaminhadas.

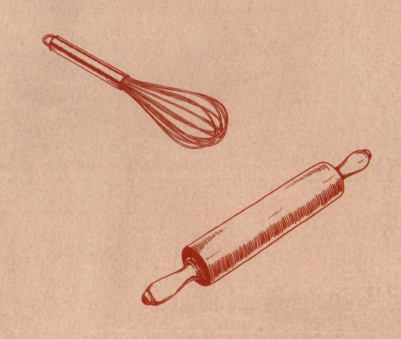

Poemas

Ruggero frequentemente abria um livro e lia em voz alta algum ou vários poemas em italiano, incompreensíveis para Adelina, que se esforçava para não demonstrar tédio.

Emiliana entendia várias palavras, ou por vezes intuía, mas se perdia no sentido geral das composições.

Angela ouvia tentando dissimular sua cada vez mais ardente desordem íntima.

O deleite que o timbre grave e musical da voz do noivo provocava nela a levava a fechar os olhos e imaginar-se em seus braços, depois do casamento, naturalmente, sentindo a respiração dele em sua nuca, ouvindo-o sussurrar outras palavras enigmáticas em seus ouvidos, enquanto a despia.

No começo igualmente indiferente, pouco a pouco Fortunata foi sendo conquistada pela sonoridade dos versos, passando a ansiar por aqueles momentos, acabando por pedir a Ruggero que lhe emprestasse alguns dos livros, o que o noivo de Angela passou a fazer a cada vinda a Ourinho.

Os meses avançavam, a data se aproximava.

Depois do casamento, no vilarejo permaneceriam as filhas Emiliana e Fortunata.

A caçula desabrochava, a cada dia mais luminosa, fluente na leitura de italiano, gentil e dedicada aos pais e especialmente afetuosa com a irmã mais velha, por quem parecia nutrir grande admiração.

Todos sabiam que, não demoraria muito, também Fortunata despertaria a paixão de rapazes e acabaria sendo arrebatada dali por um deles.

Aconteceu.

Mas de uma forma que ninguém esperava.

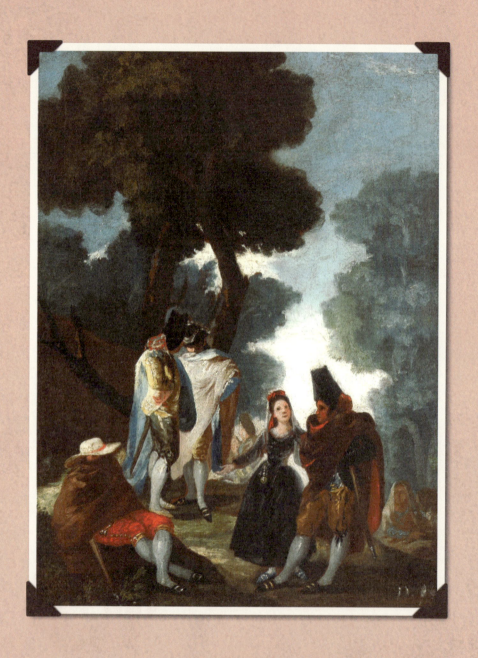

Ciganos

Ciganos nunca foram bem-vindos em parte alguma do mundo. Desde sempre.

A República do Brasil, um país novo, formado por degredados, fugitivos, escravizados e sonhadores, caminhava para o século XX, mas a aversão, o estranhamento e o receio aos povos errantes se mantinham tão vivos aqui quanto no Continente Velho, quando atravessaram a fronteira da Espanha para Portugal no início do século XVII. Ladrões de cavalos, raptores de crianças, sedutores de virgens brancas, negociadores espertalhões, comerciantes desonestos, traidores de Jesus, ontem e sempre — assim eram vistos.

Não foram bem-vindos tampouco em Ourinho, porém, como suas tendas com pouco mais de trinta deles foram instaladas fora dos limites da cidade, a ninguém particularmente incomodou a chegada de suas carroças, de sua gente morena coberta de vestimentas extravagantes, nem do comércio de cavalos e jumentos de onde tiravam sustento.

Cientes por experiência secular de serem malquistos, iam a Ourinho em trios, no máximo quartetos, para comprar alimentos ou tentar escambos. Um membro mais velho liderava homens jovens encarregados do transporte das cargas. Os rapazes ficaram do lado de fora, conversando baixo em sua língua impossível de entender, Emiliana testemunhou, numa tarde em que estava no Empório Vieira & Vivacqua, acompanhada de Fortunata e Adelina.

Ao saírem, um dos jovens, cabelos longos aos ombros, camisa aberta até metade do peito, acompanhou com impertinente atenção

as três irmãs deixarem o armazém, subirem na charrete e irem-se. Emiliana não deu importância. Adelina sentiu-se ultrajada, como se o rapaz as estivesse avaliando. Fortunata sorriu, discreta e lisonjeada. E ainda se virou, ao se afastarem, certificando-se de que o jovem continuava à entrada do armazém, as mãos nos quadris, olhos pregados nelas. Adelina deu-lhe um beliscão, ameaçando contar à mãe tanto atrevimento. Fortunata voltou a olhar para a frente, sem compreender inteiramente por que não deveria demonstrar ao rapaz o prazer que seu interesse lhe despertava.

Nada foi roubado, mas os cidadãos de Ourinho respiraram aliviados quando os ciganos partiram.

Futuro

A cada dia, minimamente no princípio, aumentando pouco a pouco, Vincenzo ia passando para Emiliana as responsabilidades contábeis do armazém. Depois começou a dividir com ela a montagem de planos para o sustento da família nos anos do próximo século, incluindo uma futura expansão, por mais remota que parecesse, do Empório Vieira & Vivacqua em algum lugarejo das redondezas, para atender fregueses cujas compras às vezes acabavam por ser feitas em estabelecimentos mais perto de suas residências.

Nesse caso, uma filial em Miradouro, Chacrinha ou Rio das Flores, quem sabe, por enquanto apenas planos, a própria Emiliana poderia tocar o negócio, indo de manhã e voltando à casa dos pais no fim do dia, na charrete que tanto prazer vinha lhe dando no presente, o pai notara, no tempo cada vez mais largo que tomava percorrendo as estradas das redondezas de Ourinho.

No futuro.

Pelos muitos anos que a próspera vida no Brasil lhes desse. Poderiam até viajar mais longe, a mãe e o pai acompanhados de Emiliana, pegar o trem para visitar as gêmeas e seus filhos, em São Paulo, e mesmo Fortunata, onde quer que ela se estabelecesse com a família que viesse a formar.

Fortunata

Caçulas aprendem mais rápido porque contam com o exemplo e o incentivo de irmãs e irmãos, diz a sabedoria popular. Além de precisarem se adaptar a um mundo onde quem chegou antes já ocupou os lugares existentes — não é dito, mas se sabe. Sem falar na impaciência de todos na família, envolvidos em tarefas que deixam pouco, muito pouco tempo, ou quase nenhum, para recém-chegados, por mais fragilidade, doencinhas e dengos que apresentem.

Assim foi com Fortunata Marina Vivacqua.

Graciosa e alerta, não precisava lhe explicarem mais de uma vez qualquer ocupação de que tivesse sido incumbida. Nem aquelas que sequer imaginavam que se incumbisse ou lhe dissessem respeito. Até mesmo ler, escrever a fazer contas aprendeu antes de completar cinco anos.

Nesta última parte, verdade seja dita, contou com a ajuda da irmã mais velha, a quem via somando, dividindo, diminuindo e multiplicando as anotações do movimento de compra e venda do Empório Vieira & Vivacqua, trazidas pelo pai em pedaços e tiras de papel escritas apressadamente ao longo do dia, depois passadas para um caderno grande de capa dura, com muitas páginas de muitas linhas.

E mais: tornou-se capaz de ler com fluência os livros italianos trazidos por Ruggero. Os poemas de "Canto novo", dedicados por D'Annunzio à sua amada Elda Zucconi, tornaram-se seus favoritos.

Enxoval

A cabeça de Emiliana estava no casamento das gêmeas, impressionada com a quantidade de minúcias exigidas por uma cerimônia matrimonial, mais os pormenores da mudança de Angela e Adelina para São Paulo. Eram situações que sete meses antes lhe pareciam apenas questão de assinar alguns documentos e arrumar baús e malas de viagem, sem jamais imaginar o açodamento de bordar toalhas, costurar camisolas, encomendar talheres, comprar panelas, fazer listas de convidados, cochichar entre as irmãs, troca de cartas da mãe com os parentes na Sardenha, cálculos de custos feitos pelo pai, perguntas curiosas de vizinhos e dúvidas intermináveis sobre cores de lençóis, comprimento de véus, trançados de grinaldas e quais flores do jardim ideais para compor dois buquês, quantas e se seria necessário pedir dos jardins de alguém mais. Percebeu que a charrete já passara do Sítio Santa Zita e do ponto onde outras vezes avistara e cruzara com Felício.

Puxou as rédeas, levando o burro a estancar e logo a girar para a direita, conduzindo a charrete de volta pelo caminho já feito.

Na direção do Sítio Santa Zita.

Contabilidade

Vincenzo Vivacqua acreditava na honestidade do sócio João Alcides Vieira. Mas como todo camponês, dependente de tantos fatores impossíveis de serem controlados pelo ser humano, como chuva, seca, pragas e mesquinhez, aprendera desde criança a confirmar a lisura de vizinhos, parentes e sócios com contabilidade própria, lecionada e posteriormente confiada a Emiliana. Indiretamente, não apenas a ela.

Nesse quesito contabilidade, Fortunata demonstrou uma rapidez muito além de uma menina de sua idade.

Boa observadora das reações dos adultos, percebeu também como o silêncio era apreciado numa casa onde havia tanta gente a conversar o tempo todo, frequentemente em voz alta, e que, quanto menos contasse sobre o que fazia, menos opinariam sobre seus atos ou os refreariam. Ou os condenariam. Como aprendera na tarde dos ciganos à porta do armazém.

Voz

A porteira estava fechada.

Emiliana desceu e esperou.

O sol pinicava.

Depois de um tempo, subiu de novo na charrete. Pegou as rédeas, decidida a retornar ao caminho para Ourinho.

Mas continuou parada junto à entrada do Sítio Santa Zita. Aguardava.

Por toda a volta, a quietude pesada do verão. Tanta de dar para ouvir, longe, pelos lados da borda da mata, além dos pastos da Fazenda Santa Rosa, os gritos estridentes de um gavião-carijó.

Não eram mais o enxoval, as minudências, o frenesi crescente das irmãs que redemoinhavam dentro de si.

Ela queria ver Felício.

Queria ouvir a voz de Felício.

Dera-se conta de nunca ter ouvido a voz de Felício.

Ela queria conhecer o som da voz de Felício.

Caprichos

Angela e Adelina concordaram em usar vestidos de noiva iguais, para que nem uma nem outra se sentisse desfavorecida, apenas tendo esse ou aquele detalhe ligeiramente diferente em cada, como passara a ser desde que cresceram e puderam opinar a respeito do que usariam, quando já não havia mais como aproveitar as roupas da irmã mais velha, de tal forma os corpos das gêmeas se avolumaram onde o de Emiliana era seco.

As habilidades de dona Concetta na máquina de costura eram muitas, mas não o suficiente para as modas de casamento sonhadas pelas filhas. Seria uma despesa extra, mas inevitável, fazer os vestidos com a única, e careira, modista de Ourinho, uma espanhola de boca suja e sempre de ovo virado, Balbina Fuentes, apontada por muitos como alguém que, tarde da noite, recebia homens pela porta dos fundos.

Por essa e outras razões, todas as idas das gêmeas à costureira eram acompanhadas por dona Concetta, igualmente cabendo à mãe a última, ou penúltima, palavra sobre cada pormenor dos vestidos, mais pelo valor em réis do que pela boniteza ou pela fealdade das escolhas de Adelina e Angela. Isso, as filhas nunca ousavam contestar.

 111

Sobrinho

Onde não havia necessidade de acompanhamento era ao curso de noivas ministrado pelo padre Lurran na sacristia da igreja. Apenas para que as gêmeas não fossem vistas sozinhas pelas ruas de Ourinho, nem ficassem desacompanhadas junto a um homem, mesmo sendo ele o pároco. Se bem que dona Concetta, como tantos outros cidadãos locais, não ignorava as insinuações referentes à concepção dos filhos de Dozinha. Ia com elas a caçula Fortunata.

Por um curto período, nessa época, hospedou-se na casa da paróquia um seminarista vindo da capital, de feições extremamente similares às do padre Lurran, a quem ele chamava apenas de *tío*. Vez por outra o jovem saía sabia-se lá de onde, esticava o pescoço comprido para espiar as três irmãs reunidas na sacristia e não despregava o olho da cada vez mais radiante Fortunata.

Quando dona Concetta soube daquela esgueirada presença masculina jovem, recolheu as filhas. Poucos dias depois o padre Lurran lhe assegurou que *mi sobrino* tinha regressado ao seminário no Rio de Janeiro.

As gêmeas retomaram o curso de noivas. Harmoniosamente, quase.

Sem a mãe por perto, Fortunata apenas assistia aos desentendimentos entre Angela e Adelina, alguns deles chegando a discussões acaloradas sobre pormenores da cerimônia, a começar pelo, justamente, começo. Como a primeira a ser dada à luz, Angela se achava no direito de ser a primeira a entrar na igreja, primazia a que Adelina só acederia se fosse a primeira a ser declarada casada pelo padre

Lurran, hipótese inadmissível para Angela. Cada uma insistia em ser a conduzida ao altar pelo pai.

Fortunata, impassível, parecia surda às altercações das irmãs. Estava. Seu interesse era outro. Seus planos calados continuavam sendo urdidos.

Sabor

Aguardando, de olho na estrada, Emiliana sentiu entre a língua e os dentes a lembrança do líquido espesso do caroço rijo da jabuticaba.

Cama

Eram tantas as tarefas da manhã na casa dos Vivacqua, que dona Concetta só reparou na única caneca e no prato intocados na mesa do café da manhã quando começou a colocar a do almoço. No lugar sempre ocupado por Fortunata.

Chegou à janela da cozinha, não viu sinal da caçula no quintal, onde às vezes gostava de lidar nos canteiros de alecrim e manjericão, perto do poço.

Chamou, sem resposta.

Distraídas entre plantar mudas de begônias e implicar alegremente uma com a outra sobre algum pormenor de seus casamentos cada vez mais próximos, Angela e Adelina mal perceberam as chamadas da mãe, porém logo confirmaram tampouco terem visto Fortunata naquela manhã.

Dona Concetta foi ao quarto da menina. Estava trancado. Era proibido trancar portas dentro de casa, as filhas bem sabiam. Bateu. Bateu mais forte. Chamou por Fortunata. Várias vezes. Tentou forçar a porta, sem sucesso. Gritou seu nome. Gritou alto, repetidamente, o nome da filha. Angela e Adelina vieram acudir. Tentaram, juntas, forçar a abertura da porta. Foi Adelina quem lembrou serem todas as chaves da casa parecidas. Trouxe a do próprio quarto.

A chave funcionou.

Entraram.

A cama estava vazia. Arrumada como na noite de ontem. Intocada.

Antípoda

Ou Felício não tinha ido ao vilarejo ou voltara antes, Emiliana deduziu. De uma forma ou de outra, era inútil esperar. Só lhe restava confiar no acaso de um novo encontro, num outro dia.

Ou fazer o que não deveria, de maneira alguma: entrar no sítio e procurar por ele.

Seria um susto para Felício. Seria um absurdo para uma moça de família como ela. Dizer o que para ele? Dar qual razão para entrar na propriedade de um rapaz casado, pai de filhos, um homem vários anos mais velho que ela, fossem quantos anos fossem? Não devia, não devia, não devia. Não podia. Não podia. Não podia.

Por que não poderia?, ela se perguntou.

Por que não deveria?, ela se perguntou.

Em nenhum momento ocorreu a Emiliana que Felício era um homem de cor diferente da sua, um caboclo, um cafuzo, um negro, a ser evitado, portanto. Isto é, ocorreu, mas não como empecilho, aversão, antípoda. O oposto. Foi o oposto. Foi sua cor de jabuticaba. Desde a primeira vez que o vira, tinha sido isso, ela percebia. Sua pele luzidia e cambiante como a de jabuticaba. E seus olhos, de um matiz de que não tinha certeza, mas adivinhava. Ou achava que adivinhava. Assim como adivinhava, ou achava que adivinhava, o sabor de sua pele.

Desfez as tranças, passou os dedos entre os cabelos, soltando-os, sem saber por que o fazia.

Não deveria descer da charrete.

Desceu.

Não deveria abrir a porteira.
Abriu.
Não deveria tomar o caminho para a casa dele.
Tomou.

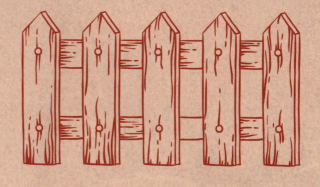

Envelope

Havia um envelope sobre o travesseiro de Fortunata.

Para meu pai e minha mãe, estava escrito na frente.

Dona Concetta pegou a carta, abriu, desdobrou as duas páginas e começou a ler, ali mesmo, com a dificuldade habitual no idioma do país onde vivia. Deu o papel para Angela.

Meus queridos pais, começou Angela em voz alta, e logo parou. O papel lhe caiu das mãos, ao ver as frases seguintes. Sentou-se na cama de Fortunata, aturdida.

Adelina abaixou-se, pegou a carta, manuscrita com a caligrafia miúda da irmã caçula.

Meu Deus!, pensou Adelina, mergulhando em espanto ao ler as primeiras frases, sem conseguir fazê-lo em voz alta. *Meu Deus, meu Deus, meu Deus e santa Zita dos Aflitos, ajudai-nos.*

Olhar

Em cada mão Felício levava um balde cheio, de ração um, de lavagem o outro, sem camisa e descalço a caminho do chiqueiro e do cercado das galinhas, suado pelo esforço desde as primeiras horas do dia, quando Emiliana surgiu diante dele.

Felício não pareceu surpreso.

Se ficou, nada nele demonstrava.

Ainda segurando os baldes pesados, olhou fixamente para Emiliana, talvez tentando unir a imagem daquela moça de cabelos ondulados e revoltos com a da menina de disciplinadas tranças presas em coque que cruzara com ele na saída do armazém meses atrás. A mesma da jovem arredia na charrete puxada por um burro castanho que tantas vezes atravessara seu caminho na estrada para Miradouro. A mesma que vira de longe, em outra ocasião, com a charrete parada e meio oculta por trás de um bambuzal. A mesma moça de pele clara e cabelos cor de palha da tarde das trovoadas e do aguaceiro a quem pensou em pedir carona na caçamba, antes de lhe voltarem as instruções do padre Lurran sobre respeito, reverência e obediência a pessoas brancas como ela, gente para quem ele devia sempre baixar os olhos.

Mas ali, onde nasceu e sobreviveu sozinho, onde dia após dia fazia plantas brotarem e trazia bichos para a vida, ali, onde conhecia cada palmo do terreno e era capaz de identificar cada planta, cada árvore, cada pio e cada canto de cada ave, cada ruído na mata, ali, Felício não os baixou.

São mesmo amarelos os olhos dele, Emiliana constatou.

Cheiro

Ao se aproximar de Ourinho, Emiliana pegou o desvio que lhe permitia chegar pelo outro lado da cidade e entrar pelos fundos da casa, onde burro e charrete habitualmente eram deixados sob um caramanchão.

Não queria ser vista.

Não podia deixar que sentissem o cheiro impregnado em seu corpo. Entenderiam o que tinha acontecido no Sítio Santa Zita.

Piedade

Meus queridos pais, começava a carta deixada por Fortunata, escrita em linhas simétricas muito próximas, com sua letra pequena, levemente inclinada para a esquerda, *peço vosso perdão se porventura minha decisão lhes trouxer vergonha e dor. Imploro à senhora, minha amada mãe, e ao senhor, meu respeitado pai, como igualmente venho por meio desta ajoelhar-me diante de minha sempre magnânima irmã Angela, a quem peço piedade, se este improvável amor que invadiu e subjugou meu peito, dobrando-me à sua cega vontade, vier vos trazer humilhação e desgosto.*

Ajuda

Felício pousou os baldes, virou as costas para Emiliana, foi até a casa. Quando saiu, pouco depois, tinha vestido a surrada camisa que ela conhecia tão bem e calçado as mesmas botinas gastas de tantas caminhadas. Ela reparou que a camisa estava limpa, os calçados sem sinal de lama. *Ele sabia que eu viria?*, se perguntou, com alguma incredulidade e algum encanto.

Os porcos, ele disse, aproximando-se e pegando os baldes, indicando o chiqueiro mais adiante. *Comida para eles e as galinhas*, completou, numa voz rouca e baixa, de quem passava dias inteiros sem trocar palavra com nenhum humano.

Emiliana deu um passo em sua direção, pegou a alça do balde de ração, mas Felício o reteve. Ela puxou. De novo ele resistiu, sua mão cobrindo a dela.

Deixe-me ajudar, ela falou, um pouco zonza, sentindo o calor da mão dele sobre a sua. *Deixe que eu o ajude*, ela acrescentou, docemente.

O rapaz soltou sua mão e o balde, encaminhou-se para o cercado dos bichos. Emiliana o seguiu.

D'Annunzio

"Não existe desgosto maior para quem ama do que o sofrimento que seu sentimento altruísta possa provocar dor a quem venera", como tão bem disse Gabriele D'Annunzio. Receio ser esse meu desgraçado destino.

Eu vos amo! Profunda e eternamente!

Todavia um amor ainda maior me arrebata ao meu destino!

Juntos

Juntos alimentaram os bichos, juntos cataram os ovos nos ninhos e os botados pelos tufos de mato no quintal, juntos colheram as espigas de milho, juntos puseram água nos bebedouros e trocaram a palha onde a leitoa se deitava para amamentar os bacuraus, juntos carregaram a lenha rachada e seca para o rancho coberto, juntos tiraram água do poço e levaram para o cântaro dentro da casa. Não trocaram palavras porque não era necessário, nem precisavam se dizer o que sabiam estar acontecendo ali, naquele começo quente de tarde.

Dentro da casa Felício pegou uma tira limpa de linhão, mergulhou-a na água ainda fria, estendeu-a para Emiliana. Ela estava suada do esforço, ele também.

Emiliana passou o pano úmido no rosto, na nuca, no pescoço, no colo, nos braços, nas axilas, deixando a água fresca escorrer por dentro da roupa. Em seguida molhou novamente o pano e estendeu-o para Felício. Antes que o homem o pegasse, Emiliana levou a tira ainda pingando ao rosto dele, limpando-o com leveza e lentidão, descendo até seu pescoço, onde parou, antes de descer mais um pouco, e ainda um pouco mais, até chegar ao primeiro botão de sua camisa. Ali a mão de Emiliana ficou, imóvel. Felício tampouco se mexeu.

Sob o tecido molhado, Emiliana sentiu o batimento do coração de Felício acelerando.

Sua respiração tornou-se mais ruidosa.

Nenhum dos dois se mexeu por mais alguns instantes.

Nenhum dos dois sabia o que fazer em seguida.

Ele também nunca teve uma relação física, Emiliana compreendeu, surpresa e grata.

Ela, então, aproximou-se. O corpo dele vibrava. O corpo dela vibrava.

Naquela tarde, Emiliana descobriu o prazer de ser mulher.

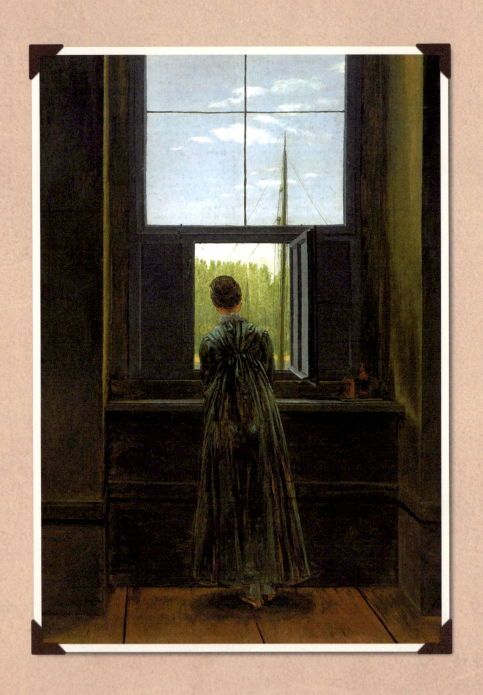

Silêncio

A casa estava quieta. Não ouviu nenhuma voz vindo de dentro. No quintal, ninguém. Sua mãe não lidava na cozinha. Ao entrar no corredor, percebeu cochichos. Vinham do quarto de Fortunata.

Ao chegar à porta, a primeira surpresa foi ver o pai.

De pé, o rosto carregado numa expressão que ela desconhecia, incrédulo, perplexo ou vencido, não saberia definir, como se tivesse envelhecido desde a última vez que o vira, apenas algumas horas antes, os braços caídos ao lado do corpo, junto à cama da filha mais nova, onde a mãe e Adelina, sentadas, tentavam consolar Angela, deitada, soluçando, a cabeça enterrada no travesseiro.

O pai tinha duas folhas de papel nas mãos. Mostrou-as a Emiliana. Ela pegou a carta. Reconheceu a delicada caligrafia de Fortunata.

Leu.

Vergonha

*M*eus queridos pais,

    Peço vosso perdão se porventura minha decisão lhes trouxer vergonha e dor. Imploro à senhora, minha amada mãe, e ao senhor, meu respeitado pai, como igualmente venho por meio desta ajoelhar-me diante de minha sempre magnânima irmã Angela, a quem peço piedade, se este improvável amor que invadiu e subjugou meu peito, dobrando-me à sua cega vontade, vier vos trazer humilhação e desgosto.

    Não existe desgosto maior para quem ama do que o sofrimento que seu sentimento altruísta possa provocar dor a quem venera", como tão bem disse Gabriele D'Annunzio. Receio ser esse meu desgraçado destino.

    Eu vos amo! Profunda e eternamente!

    Todavia um amor ainda maior me arrebata ao meu destino! Esse afeto profundo apossou-se de minha alma e de meu corpo! Esse afeto tem os lábios, o corpo e o nome do meu amado. Ruggero Zampieri.

Amazônia

O noivo de Adelina chegou dois dias depois.

Matteo Invernizzi veio a Ourinho reafirmar sua intenção de casamento, certificar junto aos Vivacqua jamais ter percebido os escopos do compatriota Ruggero Zampieri, desculpar-se com todos pela traição da confiança perpetrada pelo amigo veneziano, relutantemente partilhar informações sobre os futuros passos do novo casal. E trazer mais uma carta de Fortunata.

Pouco antes do sumiço da menina em Ourinho, Ruggero contara a Matteo ter aceitado vantajosa oferta de trabalho na Amazônia, onde poderia fazer um bom pé-de-meia utilizando a experiência adquirida na instalação de ramais ferroviários no Vale do Paraíba. Uma empresa norte-americana pretendia construir uma estrada de ferro ligando a Bolívia ao oceano Atlântico, correndo paralela aos rios Madeira, Mamoré, Amazonas e Guaporé. Por tratar-se de uma missão tão cheia de perigos e riscos de vida, entre índios ainda não pacificados e doenças tropicais contagiosas, Matteo automaticamente deduzira que Ruggero embarcaria sozinho, depois do casamento com Angela, e lá ficaria apenas o tempo suficiente para concluir os estudos preliminares da E. F. Madeira-Mamoré, receber o pagamento e retornar a São Paulo.

Estava absolutamente enganado.

Ruggero e Fortunata Zampieri, casados no dia anterior em cerimônia civil no Décimo Primeiro Cartório, em Santa Cecília, na capital paulista, estavam embarcando naquele sábado no porto de Santos. Após diversas paradas em cidades da costa brasileira, chegariam a Belém, dali subindo o rio Amazonas para Manaus, onde fixariam residência permanente, pois lá ficava a base brasileira da empresa norte-americana P&T Collins, líder do consórcio que unia iniciativa privada ianque a investimentos dos governos brasileiro e boliviano.

Adelina

Para Matteo, os planos de casamento poderiam prosseguir como traçados. Ou, diante do constrangimento e do falatório que o desmoronamento de uma cerimônia de bodas duplas de irmãs gêmeas inevitavelmente provocaria, ele se colocava à disposição para antecipar sua união com Adelina, para quando a família achasse conveniente. Ele sugeria que a cerimônia fosse celebrada na casa mesmo dos Vivacqua, para um número restrito de convidados, dali a quinze dias. E que, quando partissem para São Paulo, junto com eles também partisse Angela, a viver numa cidade grande, onde teria oportunidade de conhecer pessoas e fazer novos amigos, longe da mortificação a que havia sido submetida e pela qual sempre seria lembrada em Ourinho.

As duas sugestões foram aceitas.

A relutância do padre Lurran em oficiar as bodas na casa dos Vivacqua foi vencida pagando-lhe o dobro do combinado para a cerimônia na igreja.

Angela

Os próximos quinze dias foram de atividades intensas na residência dos Vivacqua.

Por menor que fosse o número de convidados, havia comidas a preparar, a caiação das paredes e a pintura de portas e janelas, a limpeza meticulosa do jardim e a poda no quintal, a finalização e a embalagem do que fosse possível para o enxoval, com Emiliana em sua charrete desdobrando-se nas idas e vindas entre a casa e o armazém, entre a casa e o ateliê da modista, entre a supervisão dos operários e a conferência das compras, entre o desejo inútil de reverter o desconsolo da mãe e a desolação do pai, sem tempo para pensar ou sentir nada pessoal, vez por outra passando em frente à porta fechada do quarto silencioso da noiva traída pela própria irmã. Nem para comer, Angela saía. A mãe levava-lhe o prato pronto; ela mal o tocava. Dona Concetta passou a obrigá-la a, pelo menos, tomar um prato de sopa.

Angela não arredou os pés fora de casa nessas duas semanas.

Segredo

Os poucos convidados do casamento testemunharam. A mais morena das filhas de dona Concetta e seu Vincenzo, tendo perdido muito peso desde a traição do noivo com a caçula, parecia mais magra ainda numa roupa simples, uma blusa branca de gola alta e uma saia escura. Os ondulados cabelos pretos emolduravam seu rosto pálido, em nenhum momento iluminado por sorriso. Não portava joia alguma, exceto por um pequeníssimo brinco de ouro, que ela e sua gêmea haviam ganhado dos pais quando fizeram primeira comunhão. Nunca, em toda a vida, desde que a conheciam, Angela tinha estado tão linda.

A noiva também estava bonita.

A filha mais velha, Emiliana, com os cabelos cor de palha presos em trança num coque na nuca, não estava feia. Apenas lhe faltava alguma coisa, consideraram os convidados das bodas de Adelina e Matteo; faltava aquele não sei o quê. Faltava um homem, quem sabe. Talvez por isso Emiliana tivesse aquela permanente expressão das solteironas, permanentemente caladas, permanentemente com aquele leve e quase imperceptível sorriso de quem parece estar sempre escondendo um segredo.

Malária

A carta de despedida enviada por Fortunata antes de embarcar para a Amazônia permaneceu fechada e guardada no fundo de uma gaveta da cômoda do quarto da mãe, tal como Matteo a entregara, mesmo depois do casamento de Adelina, mesmo depois das notícias de que, em São Paulo, Angela começava a sair com amigos apresentados por Matteo e, alguns meses depois, que decidira voltar a estudar e, não muito tempo mais tarde, se matriculara num curso para formar-se em alfabetizadora de imigrantes recém-chegados ao Brasil.

A carta só foi aberta quando Angela e Adelina vieram de São Paulo, inteiramente vestidas de preto, para contar aos pais a notícia da malária.

Adeus

Minha querida mãe, meu estimado pai,

Entendo que será difícil perdoar-me. E que talvez jamais o façam. Vossa justa rejeição, contudo, não me impedirá de exprimir o quanto eu vos amo, o quanto amo minhas irmãs, o quanto há de me doer não poder estar a vosso lado, sentindo-me amparada e acolhida por vosso pródigo afeto.

Amanhã Ruggero e eu partiremos para a Amazônia. Meu marido e eu iremos construir uma nova vida bem distante, onde não tenham ouvido falar de nós, onde ninguém saiba de minha ignomínia, da brutalidade de minha traição, do desgosto que vos causei e que para sempre me assombrará. Nada é mais triste do que trazer sofrimento a quem se ama. Mas, como diz aquele poema de Gabriele D'Annunzio, "saremo felici o saremo tristi, che importa? Saremo l'uno accanto all'altro. E questo deve essere, questo è l'essenziale". Seremos felizes ou ficaremos tristes, quem se importa? Estaremos juntos. E isso deve ser, isso é que é essencial.

Um dia, se puderem me perdoar, espero regressar a Ourinho e ser novamente acolhida em vossos corações. E vossa casa. A casa de minha infância.

Neste dia levarei pela mão para apresentar aos avós a criança que estou esperando. Haverá de chamar-se Concetta, se for menina, ou Vincenzo, se tivermos um menino.

Sempre no meu coração,

Fortunata Marina Vivacqua Zampieri

Manaus

Fortunata e a criança que esperava foram enterradas em Manaus. De Ruggero, nunca mais tiveram notícia.

Concetta

Nem mesmo as visitas dos netos Elio e Alberto, filhos de Adelina e Matteo, nem as semanas de férias de verão passadas por eles na casa dos avós, conseguiam aliviar o remorso de dona Concetta ou dissipar o semblante permanentemente austero de seu Vincenzo. Cada um se mortificava pelo destino da filha caçula, para sempre perdida e enterrada na selva, numa sepultura que jamais veriam e que, esperavam, tivesse sempre alguém que limpasse a lápide, e esperavam também que houvesse uma lápide, com seu nome e as datas de sua breve existência, ou, pelo menos, uma alma caridosa que tirasse o mato e as ervas daninhas porventura brotadas entre as brechas do jazigo.

São Paulo

A beleza meridional de Angela, herdada das tribos vândalas que dominaram a ilha de seus antepassados antes dos romanos, ganhou uma gravidade adulta, desprovida dos alegres rompantes tão característicos da juventude. A aparência madura, atraente, mas distante e severa, acentuou a dessemelhança com a permanente leveza de sua irmã gêmea, além dos tons de cabelo e pele que sempre as distinguiram.

Adaptada à rotina da cidade grande, o desconhecimento de suas dores e humilhação permitiu-lhe dedicar-se à carreira de professora do curso científico em escolas públicas, ao trabalho voluntário de alfabetização de adultos três noites por semana, além de ajudar Adelina na rotina da casa e na criação e educação dos sobrinhos.

Com tal empenho que, ao ingressarem no primeiro colégio secundário paulista voltado para a herança cultural dos descendentes de italianos, em 1911, Elio e Alberto Invernizzi escreviam, liam e falavam fluente e corretamente a língua de seus avós e seu pai.

1913

Os meninos Invernizzi tornaram-se adolescentes cercados de amigos no início da segunda década do novo século, como eles estudantes do recém-fundado Istituto Medio Italo-Brasiliano Dante Alighieri. As visitas a Ourinho rarearam, a temporada de férias com os avós encurtou. Passaram a vê-los apenas uma vez por ano, na semana do Natal, quando embarcavam com os pais na Estação da Luz, acompanhados da tia Angela, levando presentes para dona Concetta, seu Vincenzo e a tia mais velha, Emiliana, em quem os cabelos cor de palha, sempre presos em coque na nuca, a cada ano mais se misturavam a fios brancos.

As ceias de Natal eram servidas cedo, para que dona Concetta, Adelina e Matteo, mais a tia Angela, pudessem assistir à Missa do Galo, celebrada às onze da noite pelo substituto do falecido padre Lurran, na igreja de Santa Zita dos Aflitos. A tia Emiliana ficava em casa com o pai, recolhendo a mesa, lavando as louças e os talheres, deixando a mesa posta para o café no dia 25, pois os parentes de São Paulo partiam cedo de volta para suas casas.

Vincenzo

Vincenzo Vivacqua, com parte do corpo imobilizada por um primeiro derrame, desde a partida de Fortunata deixara de ir à igreja e, havia algum tempo, desistira de Deus e da possibilidade de misericórdia.

Britto

Já passada dos trinta, perfeitamente à vontade com a rotina adotada na capital paulista, Angela foi surpreendida pelo interesse afetivo despertado num colega de voluntariado, um ferroviário quarentão e viúvo, pai de uma filha e um filho já casados e que moravam em Recife, sua cidade original, que fazia questão de acompanhá-la até em casa, nas noites em que as aulas terminavam mais tarde. E também naquelas outras, de cumprimento regular de horários. E, vez por outra, por perto da residência dos Invernizzi, no bairro da Mooca, quando Angela saía para o curso, e os dois iam juntos.

Ao voltarem numa dessas noites, Custódio Britto, um homem formal a quem todos chamavam pelo sobrenome, contou para Angela, em linguagem direta, própria de um contabilista como ele, ter decidido tocar a vida sozinho, depois de acompanhar por anos a doença que acabou por levar sua esposa, um amor iniciado na juventude, e ver os filhos constituírem suas próprias famílias. Porém, naqueles meses ao lado de Angela, havia, pouco a pouco, desenvolvido uma profunda admiração e carinho por ela. Ansiava pelas noites de voluntariado para poder vê-la, ouvi-la e caminhar a seu lado. E passara a não conceber um futuro, de quanto tempo fossem os anos que lhe restavam, longe dela.

Bodas

Britto e Angela casaram-se sem cerimônia religiosa, apenas no cartório civil, numa tarde de quinta-feira, tendo Matteo e Adelina como padrinhos, Elio e Alberto de testemunhas. Dona Concetta não veio para as bodas, de corpo frágil e mente vaga, a cada dia mais vazia de lembranças. Vincenzo Vivacqua tivera um segundo derrame fatal, alguns anos antes, e não assistiu ao lento apagar da enérgica moça brava e divertida por quem se apaixonara no vilarejo de Orune, uma das "belas Ogliastra". Emiliana cuidava dela e do Empório Vivacqua, agora como sua única proprietária.

Emiliana

Uma vez por semana, Emiliana Vivacqua deixava o armazém sob o comando de um funcionário de confiança, e a mãe, enquanto viveu, aos cuidados de duas empregadas. Montava na charrete e pegava a estrada para Miradouro. Mas não ia fiscalizar a filial do armazém estabelecida pelo pai antes dos derrames.

No meio do caminho, Emiliana chegava a seu destino.

Emiliana e Felício

Passava as tardes de quarta-feira, quase sempre as quartas-feiras, ajudando Felício Theodoro nas tarefas com os bichos e as plantações do Sítio Santa Zita. Quase não trocavam palavras, senão as essenciais para organizar e tocar em frente os afazeres, pois que nenhum dos dois era de muito falar.

Cumpridas as empreitadas, recolhiam-se à casa, lavavam-se um ao outro, enxugavam-se e se deitavam no catre de Felício, os corpos juntos e trêmulos, dando-se o mesmo intenso prazer iniciado muitos anos antes, numa outra tarde, e que se prolongaria por muitas outras à frente, quando já o mundo parecesse inteiramente diverso depois de uma grande guerra e uma revolução socialista, o Brasil tivesse comemorado o centenário de Independência e fosse governado por Artur Bernardes, seu décimo terceiro presidente, os sobrinhos já fossem doutores, e ela chegaria ao sítio, numa manhã de agosto, não o veria, procuraria por toda parte até encontrar seu corpo inerte, dentro da mesma oca onde no século anterior, menino ainda sem o nome dado pelos brancos, conduzira o padre Lurran e seu séquito à mãe, que dormia sem acordar.

Iñan katahra, Iñan ahtl'im, Iñan katahra.

Até aquela manhã de agosto, sempre que se deitasse ao lado de Felício, satisfeita, Emiliana não se cansaria de ver e sentir sua morna pele cor de jabuticaba.

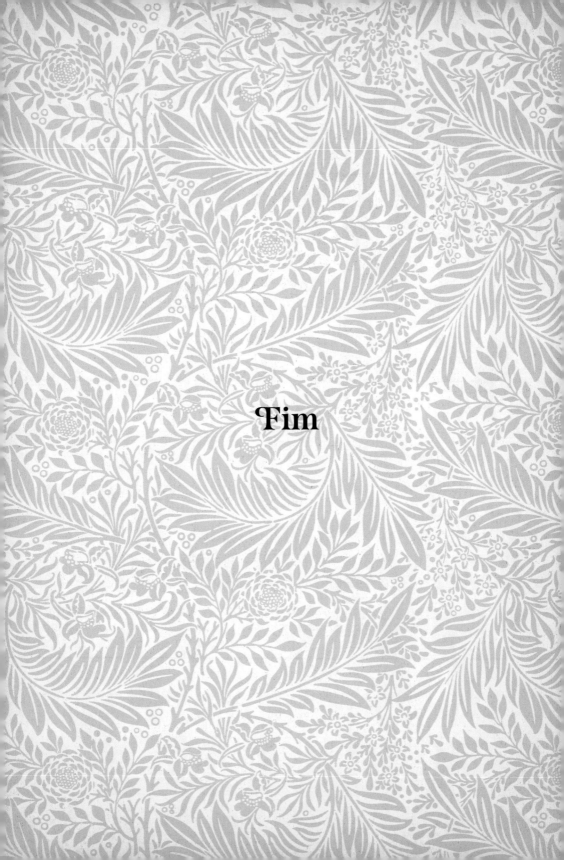

Fim

**Toda história de amor
é uma história improvável**

Agradecimentos

A primeira pessoa a quem associei as palavras improvável e amor, sem idade ainda para saber o que era uma, qual o significado da outra, passava por mim nas ruas de Valença, eu pedalando um velocípede, vestida numa roupa justa com uma fenda lateral, imensa e formidável como uma Sophia Loren a meus olhos infantis, e altas horas da noite esperava com a porta destrancada o dono do posto de gasolina, um bom cidadão, cumpridor de seus deveres, casado com outra e pai de alguns filhos com aquela. Não sei quando isso aconteceu, me perdi de sua história, esqueci-me da mulher fornida, de vestido justo, e das batidas de seus saltos altos sobre as calçadas de cimento e ruas de paralelepípedos conforme meus hormônios afloravam e meus interesses moviam meus olhos em outras direções. Quando saí de lá, já adolescente, ela e o senhor O. provavelmente continuavam a se ver pelas madrugadas, num improvável amor estável e satisfatório, mas deles nunca mais eu soube.

Madame Z. — assim vou chamá-la, e agradecê-la pelos primeiros, vagos indícios de uma complexidade do mundo e da falta de lógica dos afetos, desembocada por aqui, neste romance na figura de uma modista espanhola, notória por nas madrugadas deixar aberta a porta dos fundos de seu ateliê de costura para sem alarde receber visitas masculinas.

Obrigado, imensamente, à primeira pessoa a abraçar as palavras que eu juntava em frases, a perceber e incentivar o menino tímido e com problemas de fala a contar mais, por escrito, as turbulências que o atravessavam: Odete Coutinho da Silveira.

A primeira pessoa que amei chamava-se Rosa, a segunda Lucinalda, a terceira Carlos, a quarta Elisa e depois a outros amores aportei, frequentemente de forma equivocada e destrambelhadamente. A todos e cada um de meus amores improváveis sou grato por tudo o que me foi trazido e partilhado.

Quando as malhas ferroviárias estavam sendo expandidas em nosso país, no fim do século XIX e início do XX, um sem-número de engenheiros e auxiliares italianos veio trazer mão de obra experiente. Muitos eram jovens, muitos eram solteiros, vários se enamoraram de brasileiras na minha cidade natal; em Valença constituíram famílias, deixaram descendentes. Sou grato pelas várias conversas com um deles, Rodrigo Lacerda, das quais seguramente brotaram os noivos das gêmeas Vivacqua, e a referência às belas moças Ogliastra, no remoto vilarejo da Sardenha.

Também da Sardenha, tal como os pais de Emiliana, também contratados para trabalhar no interior de Minas Gerais, igualmente ludibriados pelo fazendeiro de café, da mesma forma bravamente decididos a alterar seus destinos, veio parte dos antepassados de Arlete Esteves Pinheiro Torres. Sou-lhe grato por me haver contado sobre eles em várias conversas pessoais, e, mais tarde, em dois livros, já assinados pelo nome que adotou como atriz e se tornou célebre e premiada no mundo inteiro: *Fernanda Montenegro – Itinerário Fotobiográfico* (Edições Sesc) e *Prólogo, ato, epílogo: memórias* (Companhia das Letras).

Mestiço, calado, mas impossível de dobrar ou derrotar, como Felício Theodoro, esse foi o povo que descobri em reportagens pelo Brasil profundo e por áreas pobres ou miseráveis desde que voltei para o Brasil. Sem ele, assim como sem o sentido de urgência a me pressionar constantemente desde o Onze de Setembro e a epidemia de Covid-19, eu nunca teria chegado à concisão de *Amores improváveis* e às tramas dos habitantes da metafórica Ourinho, nem tampouco aos entremeados de História e histórias dos meus romances, contos e peças. Falo do meu país e de seu povo como quem faz oferendas aos orixás e deuses pelas graças recebidas.

In memoriam, gratidão permanente a Fátima Barbosa, revisora de Drummond e de *Se eu fechar os olhos agora*, por sua longa e paciente conversa a me apontar minúcias e me convencer do valor literário de meu primeiro romance.

Como Doralina, Jacinta, Isaltina e Felício, e mesmo Emiliana, e também como o personagem central de *O último dia da inocência*, sei o que é passar invisível pela sociedade. Um dia, lá atrás, quando poucos acreditavam ou se interessavam em saber de mim, Manuel da Costa Pinto mostrou ao Brasil que o Brasil é meu tema e meu personagem constante. Que trajetória eu teria sem a abertura dessa porta?

Da paixão e interesse pelo Brasil e pelos brasileiros de Tassy Barham, minhas obras chegaram às livrarias de Londres, Paris, Roma, Belgrado, Haia, Amsterdã, Lisboa e Berlim, levadas para Eléonore Delair, Jane Lawson, Tea Jovanovic, Nick Caistor, Ana Maria Pereirinha, Valter Hugo Mãe, Kirsten Brandt, Harrie Lemmens, Hubert Tezenas, Cristina Dorego, Sebastian Rothfuss, Judith Schlayer, Diane Du Périer, Caroline Ast, Noemie Monier, Valerie Marechal, Diane Brasseur, Luigi Sponzili. *Merci à tous, Gracie Mille, Danke schoen, Hvala Vam mnogo, Thank you so very much.*

Tantas e tão preciosas lições ganhei de José Saramago, Pilar Del Rio, Adélia Prado, João Ubaldo Ribeiro, Nadine Gordimer, Ricardo Linhares, Allen Ginsberg, Gloria Perez, Silvio de Abreu, Paulo Freire e Paulo Francis. Muitas delas desembocaram em *Amores improváveis*.

Este romance está em suas mãos porque contou, desde a primeira leitura dos originais, com o entusiasmo de Anna Luiza Cardozo e, das mãos dela, ao acolhimento de Amanda Orlando, responsável pela harmoniosa composição iconográfica da trajetória da família Vivacqua.

Obrigado profundo a Miguel Calmon du Pin, com quem aprendi e aprendo como sangue é espírito, e espírito, sangue.

E minha gratidão incomensurável para Luciana Villas-Boas, com quem tudo começou, e que está sempre lá.

Rio de Janeiro, 26 de abril de 2021

Créditos das imagens

Imagem de capa: *Sterculia Chicha*, Joaquim José Codina, 1783. Acervo da Fundação Biblioteca Nacional – Brasil

1894: Domínio público / Instituto Hercules Florence
Doralina: Johann Moritz Rugendas / Fine Art Images / AGB Photo Library
Orune: Cortesia do BFI National Archive
Ourinho: Acervo pessoal de Edney Silvestre
Desengano: Acervo da Fundação Biblioteca Nacional – Brasil / AGB Photo Library
América: The Picture Art Collection / Alamy / Fotoarena
Contrato: Domínio público / Coleção Princesa Isabel
Parto: News Dog Media
Filha: DEA Picture Library / Getty Images
Armazém: Acervo da Fundação Biblioteca Nacional – Brasil
República: Domínio público / Otto Hees
Brasileiros: Fine Art Images / AGB Photo Library
Rosalina: Reprodução / Tony Clayton
Moça: iStock / Getty Images

Preceitos: Shutterstock
Cor: Acervo da Fundação Biblioteca Nacional – Brasil
Dentes: Shutterstock
Dialeto: iStock / Getty Images
Pele: iStock / Getty Images
Léguas: "Vista de Barbacena, Johann Moritz Rugendas, 1824. In *Expedição Langsdorff ao Brasil 1821-1829*. Vol. 1
Charrete: iStock / Getty Images
Ali: Fotosearch / AGB Photo Library
Chuva: Brett Critchley / Dreamstime / AGB Photo Library
Lembrança: Shutterstock
Rapaz: Américo Almeida / Santa Nostalgia
Ele: "Vista do vale denominado Laranjeiras e montanha do Corcovado", Johann Moritz Rugendas, 1824. In *Expedição Langsdorff ao Brasil 1821-1829*. Vol. 1
Prenhez: Reprodução / Indicador Illustrado do Estado do Amazonas / Instituto Durango Duarte
Porteira: "Cidade Imperial de Ouro Preto", Johann Moritz Rugendas, 1824. In *Expedição Langsdorff ao Brasil 1821-1829*. Vol. 1

Gêmeas: Domínio público / Mai és Társa (Mai & Co.)

Ingegneri: Acervo da Fundação Biblioteca Nacional – Brasil

Dozinha: Library of Congress, Prints & Photographs Division, reproduction number: e.g., LC-USZ62-1234

Noivos: iStock / Getty Images

Tranças: iStock / Getty Images

Visitas: Marc Ferrez / IMS

Cozinhas: Domínio público

Poemas: Mohol / Dreamstime / AGB Photo Library

Ciganos: *l paseo de Andalucía o La maja y los embozados*, Francisco de Goya, Museu do Prado / Heritage Images / Getty Images

Futuro: The Picture Art Collection / Alamy / Fotoarena

Fortunata: Igor Golovniov Historical Library / Alamy / Fotoarena

Enxoval: Fotosearch / AGB Photo Library

Contabilidade: iStock / Getty Images

Voz: Pixabay

Caprichos: Fotosearch / AGB Photo Library

Sobrinho: Shutterstock

Sabor: "Mangaratiba", Johann Moritz Rugendas / Fine Art Images / AGB Photo Library

Cama: Archives Charmet / Bridgeman Images / Keystone Brasil

Antípoda: "Castigo público no Campo de Santana". Johann Moritz Rugendas. Litogravura, 1835. Coleção particular.

Envelope: Shutterstock

Olhar: Hannah Babiak / Dreamstime / AGB Photo Library

Cheiro: Yolfran / Dreamstime / AGB Photo Library

Piedade: Pikist

Ajuda: Deposit Photos / AGB Photo Library

D'Annunzio: Mary Evans Picture Library / AGB Photo Library

Juntos: iStock / Getty Images

Silêncio: *Frau am Fenster*, Georg Friedrich Kersting, 1811 / Artepics / Agefotostock / AGB Photo Library

Vergonha: *Frau vor untergehender Sonne*, Caspar David Friedrich, 1818 / Artepics / Agefotostock / AGB Photo Library

Amazônia: Domínio público / Acervo do Museu Paulista (USP)

Adelina: iStock / Getty Images

Angela: iStock / Getty Images

Segredo: Shutterstock

Adeus: iStock / Getty Images

Malária: Arquivo pessoal de Edney Silvestre

Manaus: Reprodução / Álbum do Amazonas de Fidanza, Filipe Augusto / Brasiliana Fotográfica Digital / Biblioteca Nacional – Brasil

Concetta: Bernhard Wiegandt/Acervo da Pinacoteca do Estado de São Paulo, Brasil. Coleção Brasiliana

São Paulo: Guilherme Gaensly/IMS

1913: Centro de Memória do Colégio Dante Alighieri

Vincenzo: Pixabay

Britto: Marcos Martinez Sanchez/iStock/Getty Images

Bodas: iStock/Getty Images

Emiliana: The Picture Art Collection/Alamy/Fotoarena

Emiliana e Felício: Pixabay

Imagens adicionais: Freepik

Foto do autor: Victor Pollak

Sobre o autor

Edney Silvestre nasceu em Valença, no estado do Rio de Janeiro. Jornalista de longa carreira, se destacou na cobertura dos ataques terroristas de 11 de setembro de 2001 para a Rede Globo quando era correspondente em Nova York. É vencedor do Prêmio São Paulo de Literatura e do Jabuti. Seus livros já foram publicados em oito países.

Este livro, composto na fonte Goudy Oldstyle,
foi impresso em papel Offset 90g/m² na COAN.
Santa Catarina, Brasil, maio de 2021.